W9-CKI-458

# Un día **diferente**
# para el señor **Amos**

Escrito por Philip C. Stead  Ilustrado por Erin E. Stead

**OCEANO** travesía

Erin dedica este libro a Phil dedica este libro a Phil dedica este libro a Erin

Editor de Océano Travesía: Daniel Goldin

**UN DÍA DIFERENTE PARA EL SEÑOR AMOS**

Título original: A Sick Day for Amos McGee
© 2010 Philip C. Stead, por el texto
© 2010 Erin E. Stead, por las ilustraciones
Publicado según acuerdo con Roaring Brook Press, una división de
Holtzbrinck Publishing Holdings Limited Partnership. Todos los derechos reservados.

D.R. © Editorial Océano, S.L.
Milanesat 21-23, Edificio Océano, 08017 Barcelona, España
www.oceano.com

D.R. © Editorial Océano de México, S.A. de C.V.
Blvd. Manuel Ávila Camacho 76, 10° piso, 11000 México, D.F., México
www.oceano.mx

PRIMERA EDICIÓN 2011

ISBN: 978-84-494-4361-9 (Océano España)
ISBN: 978-607-400-528-8 (Océano México)

IMPRESO EN ESPAÑA / PRINTED IN SPAIN
9003113010611

A MOS M C G EE ERA MUY MADRUGADOR. Cada mañana, al sonar
el despertador, se levantaba de la cama y se cambiaba el pijama
por un uniforme recién planchado.

Le daba cuerda a su reloj y ponía agua a hervir, mientras le pedía a la azucarera, "Una cucharadita para mi avena, por favor, y dos para mi taza de té".

Con la barriga llena y listo para un día de trabajo, salía a la calle.

Todos los días Amos esperaba el autobús número cinco.
"Próxima parada, el zoológico", anunciaba el conductor.
"6 a.m. Justo a tiempo", pensaba Amos.

Amos tenía mucho trabajo en el zoológico, pero siempre se daba tiempo para visitar a sus amigos.

Jugaba ajedrez con el elefante (que pensaba
y pensaba antes de hacer un movimiento),

jugaba a las carreras con la tortuga (que nunca perdía),

se sentaba en silencio con el
pingüino (que era muy tímido),

le prestaba un pañuelo al rinoceronte
(que siempre tenía catarro),

y al anochecer le leía cuentos al búho
(que le tenía miedo a la oscuridad).

UN DÍA AMOS DESPERTÓ entre estornudos y escalofríos.
Intentó levantarse de la cama y dijo, "Creo que no iré a trabajar hoy".

Mientras tanto en el zoológico . . .

Los animales esperaban a su amigo.
El elefante acomodaba sus piezas y pulía sus alfiles.
La tortuga se estiraba y calentaba los músculos.
El pingüino esperaba pacientemente, solitario.
El rinoceronte se preocupaba porque sus alergias empeoraban.
El búho se rascaba la cabeza con preocupación,
sentado sobre una gran pila de libros.

"¿Dónde está Amos?", se preguntaban.

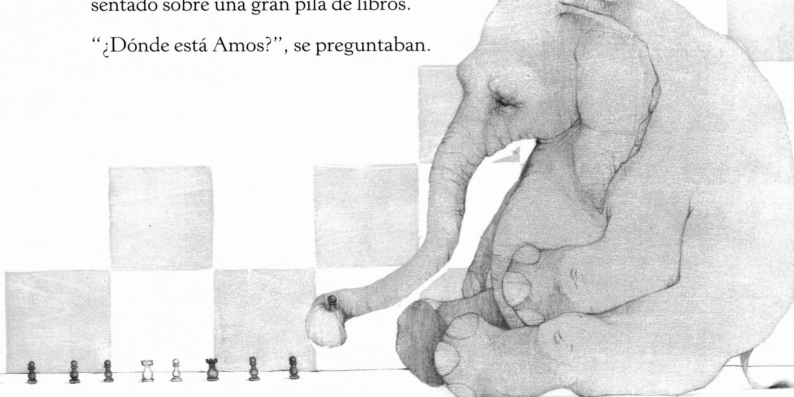

MÁS TARDE . . .

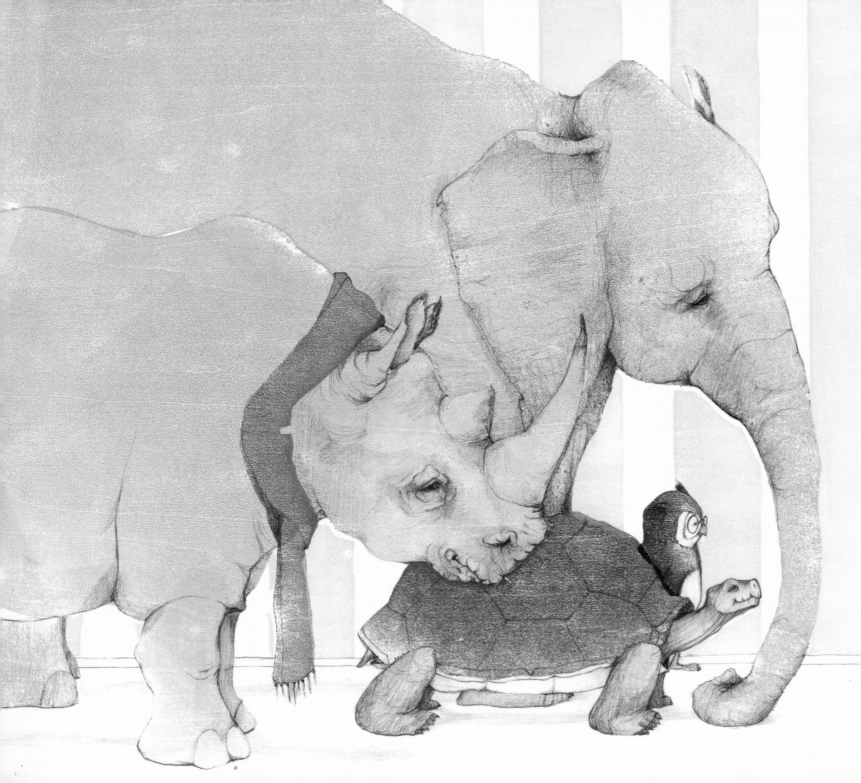

"¡Qué alegría! ¡Mis amigos han venido a verme!"

El elefante dispuso un juego de ajedrez. Amos pensó
y pensó antes de hacer un movimiento.

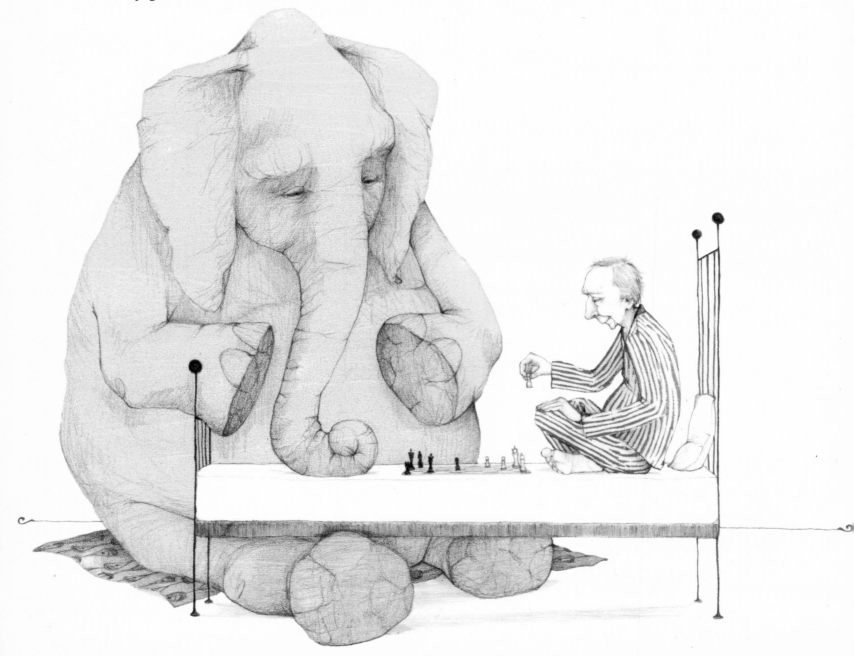

"Estoy demasiado cansado para jugar a las carreras",
le dijo Amos a la tortuga. "Juguemos a las escondidas".
La tortuga se escondió en su caparazón. Amos se
escondió bajo su manta.

Amos bostezó, "Podría dormir una siesta".
El pingüino se sentó en silencio, calentando
los pies de Amos.

"¡Aaaachú!", Amos se despertó con un estornudo.
El rinoceronte estaba preparado con un pañuelo.

"Gracias, empiezo a sentirme mucho mejor", le dijo Amos
a sus amigos. Se levantó de la cama. "Es la hora del té".

Amos le dio cuerda a su despertador. "Es tarde", dijo.
"Debemos tomar el autobús de la mañana".
Amos le dijo buenas noches al elefante.
Y buenas noches a la tortuga.
Y buenas noches al pingüino.
Y buenas noches al rinoceronte.
Y buenas noches al búho, que le leyó un cuento
antes de apagar la luz, pues sabía que Amos
le tenía miedo a la oscuridad.